걸어서 떠나보자

걸어서 떠나보자

2024년 3월 31일 제 1판 인쇄 발행

지 은 이 | 박성준
펴 낸 이 | 박종래
펴 낸 곳 | 도서출판 명성서림

등록번호 | 301-2014-013
주　　　소 | 04625 서울시 중구 필동로 6(2층·3층)
대표전화 | 02)2277-2800
팩　　　스 | 02)2277-8945
이 메 일 | ms8944@chol.com

값 10,000원
ISBN 979-11-93543-62-7

걸어서 떠나보자

牧馬 박성준의 여덟 번째 시집

도서출판 명성서림

2020. 10. 23.
노용환

저자의 글

일곱 번째 시집을 펴낸 후
2년 만에 또 시집을 출간하게 되었습니다.
현역에서 은퇴 후 말문이 막혔었는데
길을 걸으며 많은 생각을 하게 되고
부족하지만 글이 만들어지기 시작했습니다.
길을 떠나 자연과 대화를 나누니
말문을 트이게 만든 것 같습니다.

모든 인생의 답은 길 위에 있다고 말하는
여행작가 최지형 선생님은
재래시장에서 수많은 사람을 만나고
그들에게서 삶의 철학을 배우며
거기서 얻은 에너지로 살아간다며,
길은 학교였고 여행은 공부였다고 말합니다.

여러분도 힘들지만 시간을 만들어
어디든지 걸어서 떠나보라고 권유합니다.
거기서 만난 글들이 나의 친구가 되었고
길을 걸으며 새로운 삶을 살게 해 줍니다.

1

여행을 시작하는 의미

2

여행자 삶의 스타일

3

여 행 하 듯 살 아 가 자

4

여행은 행복의 선물세트

5

여행 경험이 몸을 움직인다

1

여행을 시작하는 의미

부활의 봄꽃

메마른 나무에
새싹이 돋아나고
어두운 새벽인데
골고다 언덕엔
봄꽃이 피었습니다

4월의 봄날
가슴에 씨앗 품고
강인한 생명력
예수 부활 꽃이
활짝 피었습니다

기적의 현장에서
마리아의 가슴에
기쁨의 소식 안고
희망과 약속 가득
생명의 꽃이 피었습니다.

십자가의 사랑

해골의 곳 언덕에
나무 십자가를 사랑하는
그 이유가 무엇인가
나무에 올라 이겨내는
아버지 사랑 때문이라

물밀 듯 최고의 사랑이
마음에 타오르고
뜨거운 가슴에서
마음까지 붉어지니
겸허히 머리 숙인다

그 모습 닮아가리
그의 뒤를 따르리라
기억하고 고백하리
바라보고 이겨내리라
꽃처럼 꼭 피어나리라.

봄비는 단비

메마른 대지에
꿀 맛 단비 내리니
샘이 나 앞 다투어
우후죽순이라고
너도나도 덩달아
단물을 들이키니
기나긴 하루 해에
차분히 목축이며
키가 쑥쑥 자라네

너 나 할 것 없이
맑고 밝은 미소와
상쾌한 기분에
봄비 머금은 채
키 자랑들 하면서
앞 다투는 바람에
산야도 숨을 쉬니
숨은 히든 벨리에
산 어귀가 어여쁘다.

모항의 추억

모항의 밤 바닷가에
별자리 불빛이 빛난다
푸른 바다를 껴안으면
그 품에서 하룻밤 지새고
반짝이는 모래밭에서는
불꽃놀이가 한창이다

해변 솔 숲 그늘에
밤바다는 멋을 낸다
해가 뜨고, 해가 져도
환상적인 매력 덩어리
한 폭의 수묵화를 그린
천혜의 자연 진풍경이다

바다가 보이는 정자에선
쉼터의 이야기에 빠진다
마실길을 산책하면서
나무 향기에 취하고
솔밭 그늘엔 물멍 바다멍
눈 감아도 행복 가득이다.

솔비치에 가보자

소박한 자연 시골에서
지중해의 바람이 불어와
프로방스의 분위기를 맛본다
발코니 앞에 펼쳐진 다도해
통창으로 내다본 바다
인피니티 풀에 홀릭된다
푸른 바다의 시원함과
수려한 풍광이 환상적이다

이국적인 하늘 풍경
멋스러운 바다 전경에 빠진다
화려한 야경은 불야성이고
남해의 고요함과 신비함에
편안한 마음에 여유가 넘친다
기억에서 쉬 사라지지 않는
힐링의 메카로 자리매김한
진도 솔비치에서의 인생샷이다.

노을이 아름다운 섬

서해 은둔의 섬 이작도에
진달래와 매화가 피어나니
토실토실 고사리도 올라오고
이름 모를 야생화도 정겹다
산과 바다가 조화를 이루고
숲과 괴석 백사장의 낭만이
노을에 푹 젖는 섬마을은
인정과 추억들이 깃들었다

바닷물을 비우는 썰물에
모습을 드러내는 '풀등'은
경이로움의 모래언덕으로
은빛 모래섬이 되었다가
신기루 그림자를 남기며
신비로운 풍경을 드러낸다
이국적인 해변의 고요함이
바다를 품는 노을의 섬이다.

나무

싹이 움을 트고 나오면
생명의 신비함이 귀엽다
아직 어리지만 자라나며
푸릇푸릇 튼실하게
성장의 기쁨을 맛본다

꽃이 피기 시작하면
여러 색깔로 울긋불긋
깊은 자태가 드러나고
노랗게 열매 맺으면
바라만 봐도 행복하다

나목으로 허허벌판에
외로이 선 고목이 되고
비바람 눈보라 이기며
빛바래기로 홀로 서서
생의 보람을 찾게 된다.

산을 오르며

고마운 길이 있어
야산에 동산을 오른다
꾸불꾸불 길 따라
꼬리 물고 오르내린다

나무들은 어지러이
깊이깊이 뿌리 내리고
산짐승들은 숨어 다니고
새들은 맘껏 날아오른다

흙냄새 날아 향긋하여
코끝을 자극하고
얌전한 풀냄새 싱그러워
착한 바람을 일으킨다

맑은 공기 저으며
흐르는 땀을 훔치며
곁눈질 하지 않고
거친 산길을 다시 오른다.

야생딸기를 만나

봄이 익을 무렵에
노란색 꽃이 핀 후
오돌오돌한 모양
새빨간 열매로
풀에서 나는 열매라
땅에 바닥 가까이
밍밍한 무맛의
뱀딸기가 달린다

야생에서 자라다
분홍색 꽃이 핀 후
가시 달린 덩굴에서
나무에 열리는 열매
알갱이들의 모임
달콤새콤 라즈베리
귀엽고도 예쁜 과일
산딸기로 만난다.

아름다운 그대

비 온 뒤 나무들은
물을 흠뻑 마신다
꽃이 진 다음 나무엔
빨간 열매들이 싱그럽다

순수한 마음들과
빛나는 눈빛 때문이다
아롱다롱 채색되어
세상이 더 사랑스럽다

야생화 친구들이
옹기종기 둘러앉았다
어깨 활짝 드러내고
사랑의 노래를 합창한다

서산에 해가 걸려도
오늘도 살아 숨 쉰다
방긋 웃는 그대 얼굴에
아름다운 삶이 그려진다.

서산을 넘는 해

해가 뉘엿뉘엿 넘어갈 때
붉게 탄 황홀한 노을이
내일을 기약하며
느릿느릿 녹아내릴 무렵
굴뚝엔 연기 피어오른다

터벅터벅 아픔의 발걸음
유난히 붉은 꽃 가득 피어
하늘을 할퀴며 찢어
해송이 도열한 바닷가
석양이 등불처럼 아름답다

사랑의 약속을 남기니
하루하루가 잊을 수 없어
내 황혼도 붉게 타오르며
갈매기 한 떼가 날아가니
흐린 눈시울이 붉어진다.

크로코스미아

바다정원이 바라보이는
소원의 숲속 정원에
생명이 피어나는 여름날
다채롭고 정열적인 꽃
크로코스미아가 만발이다

뜨거운 태양 아래
꽃길 따라 싱그럽게
주홍빛으로 활짝 피어나
아름다운 향기 뿜내며
나그네의 더위를 식혀준다

청초한 외모의 여름 꽃이
천사 되어 날개를 펼치니
멋진 바다 풍경에 빠지며
"여전히 당신을 기다린다"며
꿀벌과 나비들을 불러 모은다.

세상을 사랑하니

흙은 꿈을 심어
생명을 가꾸고 싶었나 보다
흙을 만지니 부드럽다
돌을 모아 돌담을 만들고
돌의 느낌은 시원하다

나무는 쉼 없이 자라서
나이테를 만들어가고
나무들은 싱그러워
저마다 자유롭고 평화롭다
꽃의 마음은 싱숭생숭
환한 미소 본능을 머금었다

정답 없는 세상이라지만
좋은 세상 너무 귀중하여
마음 보자기에 담아 보듬어
그 사랑 오래 간직하고 싶다.

나의 '기탄잘리'는 어디에?

사랑과 기쁨의 님을 노래하고
나를 시 세계로 이끌었고
늘 함께했던 그 글모음을
모습이라도 보려고 찾아도
내 곁에서 사라진지 오래이다

두 손에 담아 바친 노래가
영혼에 파고들어 맴돌고
맑고 순수한 기도와 시편으로
투명한 산문의 운율이 흐른다
그토록 님을 기다리는 마음
가사들이 마음까지 전달된다

위대한 음유시인 타고르의
깨달음 그리고 노동과 땀
고독과 사랑, 삶의 노래로
님을 기다리며 쓴 명시들이
백 년 세월에도 변함이 없구나.

여름의 소리

청포도 익어가는 계절이 깊어간다
나무그늘 만나니
칠월 찐여름의 소리꾼들이
진종일 목 놓아 울어댄다
깊어가는 여름 더위 때문이리라
열정 다하는 합창소리가 떼창이다

시골 정취를 주는 소리
질리도록 소나기처럼 울어댄다
처절함의 사연이 녹아있는
고단한 울음이 그칠 줄 모른다
긴 세월 견딘 삶이 허무해서일까?
애절한 삶의 울음은 밤낮 이어진다

운명적인 이유를 묻기라도 하듯
필사적인 소리는 언제 끝날 것인지
참매미와 함께 여름은 깊어가니
추억의 여름밤의 낭만이다
자연의 소리에 마음을 비우며
여름을 실감하며 아쉬움에 취한다.

달아 달아

산양 남단의 아래쪽에
코끼리 어금니 닮아
달맞이 하는 뱃머리에서
쪽빛바다 펼쳐진 어촌
화려한 풍경의 연대도를 만난다

조용한 지겟길을 걸으니
역사가 살아 숨 쉬는 듯
옹돌 해변 은은한 파도소리
사랑스런 에코아일랜드
소나무 꾸불 숲길 따라
'가운뎃다리' 출렁다리를 건넌다

지네 닮은 섬 만지도는
시원한 바람 부는 명품마을
풍란 향기 풍겨 마음을 만지며
시간이 느리게 흘러 힐링 되니
또 걷고 싶어지는 야생화의 섬이다.

통영 바다

언덕 위 분위기 있는 카페에서
바다를 느끼며 내려다보니
그림 같이 펼쳐진 풍경이고
통영의 바다는 쪽빛이어
보는 만큼 많은 것이 보인다

걷기 좋은 해변 길이 이어져
하늘은 맑고 흰 구름 떠 있어서
너울진 바다도 움직이고
바람 부는 대로 길이 보이니
바닷바람이 스쳐 지나간다

어둠이 내리면 잔잔한 바닷가
바다는 파도 소리로 설레고
나그네는 멍 때리는 곳
사람을 만나 감성이 어우러져
바닷가에 더 머무르고 싶다.

백사 송림

섬진강 강바람이 불어오는
신비로운 솔밭이다
아름드리 소나무가 제멋대로
자유로운 개성이 넘치며
빼곡하게 들어선 모습에
연신 감탄을 자아낸다

300년 된 울창한 솔 숲
그늘진 산책로를 걸으면
묵직한 미모들을 바라본다

힘차게 솟아오른 나무들이
도란도란 이야기 속삭이고
보석처럼 반짝거리는 강물
백사장이 바다처럼 펼쳐진다

노송과 맑은 강물이 만나
펼쳐진 한 폭의 산수화에
나그네는 발걸음을 멈춘다.

의성 옥자두

순박한 농부의 혼이 서린
고생 열매 인생 자두가 되어
탱글탱글한 하트 모양
예술적 아름다운 빛깔
붉은빛 옥자두가 탐스러워
야무지고 예뻐 눈요기하며
실한 속 모습 달달한 향에
침샘이 자극을 받는다

뽀얀 분이 가득 올라오니
싱싱한 맛 먹음직스러운
당도 높은 꿀맛 특산품
새콤달콤한 의성 옥자두
후무사를 접시에 담으면
더운 여름 입맛 돌게하고
기력 회복시키는 보약 되니
한 번 먹으면 그 맛에 푹 빠진다.

혹서酷暑

긴 장마도 지루했지만
여름은 혹독하기만 하고
몹시 삶아져 견디기 힘들고
팔월의 절정은 폭염이라

태양이 달구어 포옹하니
뜨거운 열정만이 넘치고
그리움의 열병을 앓듯이
숨 넘어 가는 무더위다

대지가 타는 냄새 나고
비지땀 줄줄 흘리니
몸은 더 늘어지고
마음에 여유가 힘들다

더위가 꼬리 내리고
신선한 가을바람 불면
폭염은 떠나가겠지만
늙음의 설움에 슬퍼하리.

지란지교芝蘭之交

강산이 몇 번 바뀌고 나니
세월을 비껴가기 힘들어져
초로인생으로 탈바꿈하지만
기다림의 무더운 여름날
오랜만에 한 아름 기대하며
친구여서 만나니 좋기만 하네

같은 길에서 영원을 꿈꾸며
우여곡절 고생도 많았지만
높아진 자존심 애꿎어
자존감 낮추며 내려놓고
뜨거운 가슴 관심어린 눈빛
설레는 마음으로 바라만 보네

세월 흐르니 마음에 와 닿고
은근하고 신선한 성숙함으로
함께 나누는 행복한 감정
아등바등 하지 않고 소중하여,
시원해지면 또 만나자 약속
이런 우정 변치 말고 자주 보자구요.

여름이 지나면 · 1

여름이 오는 소리는
성큼 찾아왔었는데
급히 새 옷을 갈아입더니
영원할 것 같았던 여름은
추억을 남기고 끝엔 어른이 된다

누구나 겪어야 하는 계절이지만
그 속에 숨겨진 사랑을 찾으며
누군가 그리운 것도 아니고
여름 안에 있었던 내가 그립다

그럼에도 불구하고
진정한 평온을 찾을
당연히 가을이 오겠지만
고난도 있지만 행복도 계속되기에
놓치지 말고 준비하자,
모진 겨울까지도.

2

여행자 삶의 스타일

여름 막바지 산행

산은 거대하고 항상 옳다
능선을 따라 오르니
나무를 기르며 생명들을 품은
자연의 역사적 향기를 느낀다
상큼한 자연 산길을 오르면
마음에 담긴 무거움을
거기 맡겨두고 내려온다

걸으면서 생각들을 모으고
소소한 가르침을 깨닫고
머릿속에 영감을 채우기에
산행은 오늘도 진행형이다

오르막엔 여유가 없지만
정상의 시원한 바람은 달고
내리막 환호성은 등산의 맛이다
나뭇가지 사이에 부는 바람
시원한 가을향기 느끼면
끝여름과 가을 초입이 겹친다.

가을바람

가을바람 솔솔 불어오니
슬픔과 쓸쓸함 외로움이
옆구리를 스치고 도망치며
푸르던 나뭇잎 힘 빠져
낙엽 되어 땅에 굴러간다

가을은 소리 없이 다가오고
뭉게구름이 발길 붙잡으니
노란 빛깔 가을 들꽃들이
비단 바람결 따라 춤을 춘다

나이 들어감이 두려운데
생명력에도 나이가 있었던가?
속절없는 세상이 원수로구나

바람아! 맘껏 불어도 괜찮다
그 바람 모아 등에 업어
미련과 상처는 가슴에 묻고
추억여행이나 훌쩍 떠나 봐야지.

여름이 지나면 · 2

마음은 항상 뛰어가는데
몸은 거북이처럼 느리고
정처 없이 뒷걸음질 친다
그리움 찾아 그 누구에게로
삶을 조절하며 목표를 향하고
속도를 찾아 적당히 바쁘구나

늦었다 하는 아쉬움을 남기고
추억의 바다를 향해 뛰는
깊은 밤 아름다운 시간에
애환을 물들여 꿈을 키워
마음만이라도 여유롭고 싶다

유수처럼 흐르는 세월 속에
애처로운 뒷모습이 부끄럽다
찬란히도 빛날 것 같은 날들
무거운 짐 한 아름 남기고
생각들을 비우고 또 비워보자
인생은 생각이 아닌, 행동이기에.

가을 밤하늘

태풍이 휩쓸고 간 자리
언제 바람이 불었었던가
밤하늘은 고요히 잠들어
푸른 호수처럼 맑으니
향 내음이 모락 피어오르고
별들이 유난히 반짝거린다

속앓이하는 조각달이
외롭고 애처롭게 떠있고
쓸쓸한 마음 처량한데
풀벌레 소리만 구슬프다

신선한 바람이 불어오니
희미한 별자리 북두칠성이
어스름한 풍경에 빠져
밤하늘 정취에 취하니
모처럼 별을 헤아리며
그를 사랑하고 기도해야지.

난 바보인가 봐

사랑하는 마음을 담아
피붙이라고만 여겼는데
해맑은 모습을 보아하니
사랑으로 피어난 꽃이고
너희들은 둥근 달이로구나

유전적으로 넉넉한 사랑이
웃는 모습에도 기쁨이고
바라만 봐도 행복하니
조건 없는 일이어서
빼곡하게 사랑으로 채운다

정답 없는 인생길에서
아무리 봐도 미운 구석이 없어
너희의 사랑은 무죄이리라
외로울 때 의미를 부여하며
힐링 되는 삶이 희망이로구나.

가을 바닷가

자연 그대로 풍경이어서
한 폭의 그림, 정원이다
찰싹 파도 무수한 이야기
뙤약볕 아래 물멍에 빠진다

맨발 걸음 몸은 지구를 만나
바다는 끝이 보이지 않고
시원한 솔밭과 은빛 모래밭
빼어난 풍광은 위로를 준다

모래집 짓고 조개껍질 모아
물결 빛나고 바다는 외친다
물 빠지면 돌 뒤집어 헤쳐
게 잡기 체험에 여념이 없다

탁 트인 바다는 가슴 적시고
아름다움에 마음 술렁이고
근심 안고 빠져나가는 썰물
바닷가 계절은 참 무심하구나.

가을 풍경

변덕스런 날씨 쌀쌀함에
가을이 노랗게 익어가며
자연의 순리에 흰머리 늘고
하루가 다르게 변한다

물이 올라 푸르던 산야가
앓으며 진통을 겪으며
색색으로 옷 갈아입으며
열매 맺으려 안간힘을 쓴다

농부의 가을걷이 발걸음은
눈코 들새 없이 분주하고
계절의 터널을 빠져나와
안개 속에 허우적댄다

강바닥이 거북등 되고
길마저 갈색으로 물들고
팜파스도 흰 머리 흔드니
파란 하늘 서늘해도 살갗이 탄다

가을 인생

내 인생의 가을엔 무엇이 변했는지
나에게 묻고 싶은 이야기가 있다
가을에도 꽃이 피길 바라며
쓸쓸함도 고독과 함께 즐기며
나를 기다리는 얼굴들이 그리워
마음만은 여행을 떠나고 있다

내 인생은 형형색색으로 물든
수채화처럼 인생 추억을 색칠해본다
내 마음까지 물들이면서
가을은 짧지만 인생은 아름답다
비록 머리에 서리가 내리고 있지만,
바람이 떨군 낙엽에도 센티해진다

돌아설 수 없기에, 아쉬움을 남기며
서풍이 시원해도 삶은 고달프고
오늘이 나에게 가장 젊은 날이라고
노을을 바라보니 멋진 인생이라
가슴속 깊이 바람이 불어 드니
조금은 내려놓고 천천히 걷고 싶다.

절망의 순간에도

푹신한 침상에 눈감은 노인
이불을 휘감아 뒤집어쓰고
말도 없고 움직임도 없는
얼굴이 검게 탄 세월을 본다

지푸라기라도 붙들 요량으로
진료실 앞에서 주치의를 기다리며
희망의 끈을 부여잡고 있기에
지루한 시간을 겨우 견뎌 본다

삶에 희망의 끈이 있다면
한 올이 매달린 실타래 되어
매듭을 엮어야 할 운명인데
매정한 초침소리가 시원찮다

결코 생을 포기할 수 없어
아침 해가 힘차게 떠올라
마음껏 세상을 비추며 사는
한 줄기 희망을 잡기 위해서다.

안반데기의 밤

봄은 늦게 오면서도
겨울은 일찍 시작되는
대관령 나들목에서
몽실 구름이 쉬어가는
멍에전망대 별천지를 만난다

구름 위의 땅에 경치,
쏟아져 내리는 별 구경하니
세상의 모든 별들이 다 모여
투명한 밤하늘을 채우니
별빛에 취해 두 눈에 담아본다

별이 빛나는 밤에
하염없이 별들을 바라보니
하늘에 박힌 보석들이
쏟아져 내리니 선명하고
흰 절경에 가슴이 두근거린다.

가을의 노래

오색 코스모스 하늘거리고
풍요로운 시월 들판의 숨결
외로운 이에게 따스하도록
하늘 예쁜 풍경을 사랑하고
그리움에 마음 흠뻑 젖었네

소복이 쌓여 풍성한 낙엽은
바스락거리는 아픔을 안고
세상은 심히 흔들거리지만
마음을 꼭 사로잡아두니
더 이상 잃을 것도 없구나

곤충 울음소리 가득한 계절
가을의 아름다운 삶 속에
마음은 풍성한 감사와 함께
간절한 기도를 함께 드려
가을의 주인이 되고 싶구나.

소호 동동다리

장생포의 남파랑길 한 켠에
왜구를 물리치는 민초들이
기뻐 뛰며 북치고 춤추면서
승리의 노래 부르던 동동다리
시원한 바닷바람이 불어온다

바다 위를 걷는 해안 산책로
나무 데크 토각거리는 소리에
갯벌이 펼쳐진 매력을 느낀다
하트 조형물에서 기타를 퉁기며
포즈를 잡고 인증샷을 남긴다

하늘, 바다, 산들이 어우러지고
해 지면 분홍빛 노을이 반기며
로맨틱한 바다 야경 분위기에
시시각각 오색 조명이 바뀌면
찰랑거린 바닷물도 낭만적이다.

온새미로

차가운 바람 불어오면
달빛 보고 위로받으리
울적하면 밤하늘 바라보고
그 때 그 시절 희망을 담아
구름 뒤에 수줍게 숨어
순수한 마음으로 부족을 채우며
언제나 변함없이 처음 느낌으로
혼자일 때도 변함없는 사랑
변치 않고 나와 함께 해 주지만
언젠가는 기울고,
쇠하고, 약해지겠지만
기쁨을 안겨주는 아름다운 세상
따스하고 정겹고 위대하여
순수한 모습 그대로가 좋고
사랑 담기고 평안함이 깃들어
오르락내리락 힘들어도
자연스레 그대로 최선을 다하리라.

침묵의 계절

두터운 외투를 준비하고
동면하려면 멈추어 앉아
깊은 곳에 숨어야 하기에
시린 밤 지난날을 반추한다

세상이 잿빛으로 물드니
세상은 혼탁하게 다가서고
마음 깊숙이 추위가 엄습하여
가혹하고 잔인한 계절이다

하나님과 동행하며 살다가
거친 광야 로뎀나무 아래에서
지쳐 잠들어버린 엘리야처럼,
짐을 내려놓고 마음을 비운다

가을도 겨울도 짧기만 하고
고운 정과 받은 사랑 때문에
가슴에 감싼 그리움 가득하여
침묵의 계절은 더 외로워진다.

12월은 아무것도 없었다

목적지 향하여 쉼 없이 달려
살다 보니 걱정들이 많아도
구차한 일도 피하지 않고
여기까진 잘 왔는데
충분히 먹고 살았는데
움푹 팬 주름살만 남아
얼굴에 추위가 몰아치고
창밖을 보니 을씨년스럽다

시간은 가차 없이 달려
갈 곳을 잃고 여유도 없어
강가에 징검다리 건너려다
마음이 걸려 서성이고
신속한 변화에 휩쓸려
내가 가는 길을 찾으며
경험의 도전이 걱정되니
나의 그믐달은 아무것도 없다.

비행운雲

하늘을 가로지르는
역력한 흰 띠 구름이
허공을 할퀴며 자국을 남긴다

연줄의 꼬리처럼 까마득하니
토막구름들은 이내 흐트러져
그리 오래 가지 않고
천천히 번지다가 부숴지고
마음에 보는 그림들은
생각으로만 머문다

아련해지는 흰 선은
누군가를 떠나보내듯
내 삶의 흔적들을
실루엣으로 남기며
발걸음 머무는 곳에
아름다운 추억을 감춘다.

무인도無人島

원래 모습을 지닌 바위섬에
서서히 들어오는 밀물과
빠르게 떠내려가는 썰물이
안개 끼고 바람까지 불어
견디기 힘들고 어려워도
또 찾아가는 외로운 섬이다

인적도 없고 고립되고 가두어진
현실과 동떨어진 세상이지만
천혜의 자연을 품으니
누구에겐가는 소중한 보금자리이다

외로움을 이기며 버텨야 하고
생명은 이 섬에서도 쉬지 않으니
하늘만 물끄러미 바라본다

발자국 소리도 지워져 버린
사랑도 버리고 떠나간 자리
나는 그대로 무인도에 살고 있다.

눈雪

고요한 밤이 새는 동안
함박눈이 소리 없이 펑펑 내려
들판 가득 소복소복 쌓이고
내 마음에 고운 눈이 예쁘게 내린다

나무 위에 앉아 한 송이 꽃이 되고
길바닥에 발자국을 만들고
땅에 스며들어 적시고 녹인다

반가운 마음이라 겨울잠에 취하고
사랑의 눈이기에 가슴 설레고
두 손을 모으고 무릎 꿇고
눈 내리는 길거리를 바라보며
추억의 이야기 담으니 겨울 여행답다

하염없이 내리는 눈에 온 누리 하얗고
내렸다 그쳤다, 를 반복하니
눈밭에 나무들이 힘겨워 보이지만
눈꽃들이 어여쁘니 세상도 아름답다.

고목枯木

거친 풍파를 헤쳐나오니
바람 잘 날 없어서
흔들림의 고통에 몸부림치며
오래되어 쓸모도 없어진 채
아직도 용케 살아남아
큰 키로 외로이 서서
곱게 늙어 향기를 풍긴다

흰 눈이 내려 올라타고
일엽초는 기어오르는데
언제까지 자리를 지키며
세월과 계절을 알려주려나
속은 텅 비어버렸지만
그가 전하는 말을 듣고 싶다

어느새 고사목이 되었을까?
신비로운 세상이 펼쳐진 꿈을 꾸며
아낌없이 주는 나무가 되려고,

일엽편주가 되어

끝없이 펼쳐진 망망대해에
작은 배 한 척이어서 외롭다
무슨 사연이 있길래
돛단배 외로이 둥실 떠 있는가,

순풍에 돛달고 노 저으며
이야기 한가득 싣고
낭만적 풍경에 빠지기도 하고
어느 날은 성난 바다 물결,
때론 광풍에 사투를 벌이고
험한 세상 휘저으며 살았고,

수평선만 가물가물한데
덧없는 인생의 허무함에
비밀의 항해는 이어지고
알 수 없는 삶의 고뇌 속에
거친 파도를 가로질러
멈추지 않는 항해는 계속되나니.

초로인생草露人生

풀에 이슬이 맺히면
스르르 허무하게 사라지리라
인생은 풀과 이슬 같으니
젊음은 어디에 머물렀는가?
잠깐 왔다 허무하게 가리라

화살처럼 빠르게 지나니
허무하고 덧없이 흐른 뒤
흔적도 없이 사라질 것인데
방황하고 번민하려고만
아등바등하며 살 것인가?

한 송이 꽃처럼 방긋 웃어
평안한 얼굴을 드러내며
마음에 무엇을 담으려는가
희망과 용기 잃지 않고
살다 보니 초로인생인걸
신기루여도 의외로 살만하구나.

삶과 행복

남들에게 보이지 않는
내 삶의 무거운 보따리는
바다 같은 넓은 마음 있고
태양의 밝은 희망이 있으니
고리에 고이 끼운 추억이려나

붙잡고 있었던 것들은
실로 부질없는 일이고
외로운 달빛은 붉지만 차가워
내려놓고 홀로서기를 연습하며
소소한 일들이 모여
아기자기한 행복이 충만해지네

희생이 값짐을 실감하면서
살아서 또 꽃이 피어나는
아름다운 모습을 보노라니
새로운 기쁨이 살아나는구나.

3

여행하듯 살아가자

모닥불 앞에

밤이 어둠 속에 묻힐 때
천덕꾸러기 나무둥치들이
불씨 하나, 둘 모아모아
웅성거리며 불꽃을 만든다
피어난 불꽃들이 춤을 추며
하늘을 오르락내리락한다

추위에 떨며 불 앞에 모여
불을 쬐며 몸을 녹이고
불티들은 자유로이 날아올라
한 줌의 재를 남기고 만다

불멍에 흠뻑 빠지다 보면
세월이 흐르며 사그러지고
세상은 연기만 요란을 떤다
붉은 사랑의 모닥불이 그리워
밤하늘 별들은 초롱초롱 하는데,

2월의 찬가

들길을 따라가며
차가운 계절을 재촉하여
뜨락에 웃음꽃 피우려고
봄기운과 함께 아픔 여의고
앙상한 가지에 생명이 움틀거린다

인심만은 떠나지 않고
새벽을 기다리는 복수초
슬픔에 젖지 않고 마음에 새기며
그리운 이들을 만나게 해 주려고
가슴엔 따스함을 느낀다

온 세상 밤하늘이 은빛이고
웅크렸던 대지에 봄 향기
따스한 봄 햇살이 그리워
희망의 꽃길 따라 다가서며
봄바람 스치니 마음은 행복하다.

봄비

쌀쌀한 이별을 고하며
까만 겨울을 녹이려
추적추적 밤을 적시며
가녀린 마음을 씻어내려
차갑지만 가슴 촉촉이
행복을 꿈꾸는 봄비 내린다

뜸 들이던 검은 구름이
빗방울에 시詩를 담아
창문을 두드리니 요란스럽다

살결같이 고운 빗줄기로
미소 가득 담아 오시도록
하늘에서 내려온 사랑
땅속 깊은 곳까지 적시며
호수를 가득 채우도록
희망의 봄 노래 부르며
속삭이는 봄비 마중 나가야지.

남해 해안도로

바다 풍경을 보듬어
굽이굽이 해안로를 따라간다
울퉁불퉁한 구름이 떠다니고
쪽빛 바다 넘실거리고
바래길을 오르락내리락하니
바닷물결에 햇살이 반짝거린다

시시각각 변하는 하늘풍경은
변신하는 카멜레온이다
절경 따라 아름다운 길
잔잔한 바다는 길동무이고
상쾌한 바람은 나의 동반자이다

맑은 바다에 부드러운 모래밭
선창은 포구 특유의 정감이 있다
끼룩끼룩 갈매기 노랫소리
해안 따라 해송 병풍들이 펼쳐져
해 질 무렵 낙조도 일품이여
아기자기 다도해는 행복 가득이다.

독일마을

고생했던 이야기들을 담아
애환과 눈물로 빚어내어
특색있게 꾸며진 별장들이
옹기종기 둘러앉아
이국적 휴양지를 만들었고

고단한 삶에 꿈꾸던 광부도
아리따운 마음의 간호사도
파란 눈을 가진 아저씨도
모여모여 한 마을을 가꾸어
오늘의 독일마을을 이루었다

아직 갈 길이 멀고 멀지만
가난 극복의 현장이며
더 평안한 삶을 살기 위해
내일의 행복을 꿈꾸는 곳
독일마을은 남해의 자랑이다.

다랭이마을

가천마을 108층 다랭이논
산비탈 척박한 땅을 개간하고
삶을 위해 논밭을 가꾸며
해안절벽은 바다 위의 성城이고
석축을 쌓아 만든 명승지이다

바닷가 바위에
수평선을 바라보며
할 말 잃어 마음 넓어지니
에메랄드 은빛으로 물든
물빛 바다 배경에 멍때린다

옹기종기 마을은 한 폭의 그림
비탈길 타고 해변으로 내려가
바래길, 지겟길도 걸으며
매력 넘치니 힐링이 되고
어느덧 바다와도 친구가 된다.

남해 사랑

바다는 하늘보다 진한
푸름의 감탄함을 전한다
화창한 하늘 흰 구름 깔려
엄마 품 같은 남해는
그림 같은 하늘과 바다가
한 권의 시와 수필이 된다

변신하는 바닷물에 잠겨
길과 하늘풍경을 감상하며
눈에 마음에 담아 본다

남해는 보물섬이라서
따스함이 더 그립고
사랑과 추억을 남기며
봄기운 스밀 때
남해의 풍경에 취해
마음이 머무는 곳이다.

라 테라스(LA terrace)의 석양

하루 종일 달구어져
무거움에 타다 남은
맑고 밝은 하루해가
탁 트인 바다로 떨어지며
눈부신 햇살이 강렬하다

바다는 흰 융단 깔아
야자수 사이로 반짝거리는
액자에 걸린 태양이
환상적인 해넘이 후엔
바다와 하나 된 검은 밤이다

행복을 안겨주는 일몰에
나만의 비밀 플레이스로
낭만만이 떠오르는 명소에
오늘도 잘 살았노라고
내 인생의 인증샷에 도전한다.

큰 손의 힘

칠레 아타카마 사막의 조형물
솟아오르는 손
세계에서 가장 큰 '사막의 손'이고
파리의 라데팡스 역에는
행운을 상징한다는
거리의 예술품 '엄지손가락'이 있다

황금색 띠를 잡고 있는 신의 손
큰 손가락 상징의
다낭 바나힐에 '골든브릿지'가 있다면
울산 해맞이 명소 호미곶엔
바다 위에 떠 있는 손 모형
몸의 소중한 '상생의 손'이 있고

여수 무술목길 조각공원
랜드마크 핫스팟의 언덕에는
재능 상징의 '마이다스의 손'이 있다.

쉬림프 요리

쉬림프를 만나기 위해
남해의 '알로하와이'에 가다
즐비한 소품들이 나를 기다리니
한껏 하와이 비치의 멋을 내며
태평양의 분위기를 이미 맛본다

통통한 새우 살의
갈릭, 칠리, 마요, 데리야끼의
쉬림프 요리에 푹 빠져
골고루 감칠맛을 음미하며,

샐러드와 파인애플 통주스까지
눈으로 먼저 맛을 보고
쉬림프들을 먹으며 맛을 느끼고
하와이의 행복까지 참 맛을 본다.

블랙 퍼스트 *break fast*

하이디 하임의 아침은
정갈한 다이닝 카페에서 시작한다
간단한 메뉴이지만
정갈한 식탁으로 세팅이 된
독일식 특별 서비스 조식이다

신선한 과일과 채소로 만든
샐러드 맛이 일품이다

빵에다 두 종류의 독일 쏘시지
쨈과 달걀, 토마토와 버터로
수제 토스트를 준비하고
갓 짜낸 오렌지 주스와
독일 원두커피 한 잔에 취한다

주인장 부부의 세심한 정성과
몸에 밴 친절까지 맛을 보며
나그네는 행복한 하룻길을 재촉한다.

다낭풍경

다낭은 처음이지
관광의 거점 도시
변모를 위한 몸부림으로
꿈틀거리는 도시
휴양을 위한 아름다운 해안
리아스식 미케 해변은
검푸른 동해의 프라이빗 비치이다

걷기 좋은 바닷가
곱고 하얀 모래 넓은 백사장
야자수밭의 넓은 바다 수평선
용의 형상을 한 다리가 누워있다

길거리는 예쁜 감성으로 다가오고
밤엔 버스킹 분위기에
바람, 햇빛, 구름의 기분에 빠져
여행과 구경할 맛이 나고
야시장 길거리 음식은 덤이다.

망고

황금 색상 포즈 느낀다
복잡하지만 깊은 단맛을 품어
두리안 맛이 가미된
부드럽고 달콤함의 촉감이 느껴지며
몽환적 냄새와 상큼함에
마음과 정신까지 맑아진다

목을 타고 스르르 넘어가면
잠시 행복을 맛본다
전통시장이나 길거리 노점상에서
저렴하고 더 싱싱하여 맛있으니
진정한 열대 과일 맛이다
과연 망고는 과일의 여왕답다.

두리안 예찬

과일의 왕 두리안은
코로 느끼는 지옥의 냄새가
입으로 느끼는 천국의 맛으로,
꼬릿꼬릿, 달달함과 향긋함에
질퍽한 식감에 신선한 맛
굉장히 독특한 맛에 행복을,
역시 두리안은 중독성이 있다

크림처럼 부드러워
세상에서 가장 맛있다는
고약한 맛에 호들갑이지만
향내 맡으며 그 맛에 적응하니
곧 두리안을 사랑하게 된다
누구나 다 좋아하진 않지만
두리안은 두리안다워야 한다.

마블 마운틴

전망이 아름다운
다낭 남쪽 해안에
석회암 다섯 봉우리의 오행산
민간신앙을 대변하는
아름다운 대리석 돌산이다

깊은 동굴이 웅장하고 음산하여
천국과 지옥이 오가는
위험스러운 악마의 계곡에
사원과 불상들이 즐비하다

태고의 신비한 세상이 펼쳐져
동굴 속 구멍으로 하늘이 보이고
햇살이 동굴로 삐쭉거린다
미로의 계단이 오르락내리락하는
거대한 돌산의 후엔콩 동굴탐험이다.

투본강 야경

호이안의 명소 중 하나
전통시장 사이에서는
손님들을 기다리고 있다

사람들이 하나, 둘 모여드니
등불들도 줄지어 따라오며
모두 모두 강물에 뛰어든다

해 질 무렵부터 모여든 인파
해 떨어지니 온통 불야성이다
보트들이 하나둘씩 모여들고
오색등 불이 움직이고
밤이 되니 장관을 이룬다

각자 준비한 촛불을 켜
강물에 정성스레 등을 띄우면
소원이 이루어진다 믿으니
불 밝힌 초가 아련히 타들어 간다.

미케 비치

따가운 햇볕 아래로
바닷가의 찻집들이 즐비하여
알록달록 테이블이 자리하면
사람들이 모여들기 시작한다

해변 따라 즐비하게 펼쳐진
빌딩들이 에메랄드 빛 바다와
하늘이 조화롭게 어우러진 풍경
반짝거리는 바닷물이 다가오면
시원한 파도 소리 만들어낸다

해안 풍경을 즐기는 핫 플레이스
고운 모래가 아름다운 바닷가
발에 감촉을 느끼며 걷기 좋아
시원함과 평화로움이 공존한
세상에서 가장 자유로운 해변이다.

골든 브릿지

바나힐 1400 고지에
병풍 세상이 펼쳐지고
구름이 쉬고 안개도 앉아
경관이 좋은 관광지여서
뛰어난 다리 위를 걸어 본다

인상적이고 독창적인 디자인이
압도적으로 다가온다
150m의 손다리에 올라서서
세상을 내려다보며
인생샷에 도전한다

절벽 위에 걸쳐있어 아찔하고
안개 끼고 구름이 덮였지만
바람이 그치니
바나힐의 관광명소이며
다낭의 랜드마크이다.

바나 힐

바나 산 국립공원에
CNN이 선정한 세계 10대 케이블카로
6km나 오르는 언덕에
프랑스인들의 휴양지
그러나 중국이 보이는 한편
일본이 서서히 나타난 모습이다

인상 깊은 대형 조형물들
웅장한 프랑스식 테마파크와
빼어난 절경 자연경관이
한 폭 산수화처럼 경이롭다

놀이기구들의 시끄러운 소리
달, 태양 시계, 시간의 문 등
현대와 아름답게 조화를 이룬
언덕 위에 아름다운 회상정원이다.

바구니 배

'틴통' 이라 부르는
전통 바구니 배
물 야자수밭 수로 따라
코코넛 섬으로 들어가며
호이안 강으로 이어지는
과거로의 시간여행을 떠난다

코코넛 나무로 만든
둥근 모양의 작은 배들이
강에 띄워 물 반, 바구니 반,
노 젓는 사공이 노래 흥얼거린다

푸른 하늘 하얀 구름의
그림 같은 풍경의 넓은 강에서
뱅글뱅글 어지럽게 돌리고 돌려
나무배의 화려한 쑈가 펼쳐지고
신명 나는 묘기에 빠지니
한 번쯤 타 봐야 하는 엑티비티이다.

벚꽃 피는 계절

천지가 벚꽃 세상이고
봄엔 최고의 봄꽃이려니
살벌하게 피어 미소 지으며
밝은 얼굴로 나타나
길 따라 터널을 만들고
세상에 꽃길 향연이 펼쳐진다

시골에 핀 꽃들은 더 아름답고
고목에서도 피어나는 생명력
성미가 급한 꽃이지만
너무 하얘서 죄인가 보다

벌들은 다 어디로 도망갔는지
더불어 사람 구경까지 했으니
진득이 며칠 머물다가
모질게 흐트러져 땅에 뒹굴고
바람 불어 꽃비 내릴 것이나
봄날 피어나 세상을 빛내는구나.

칠순 날 잔치

예로부터 드물어 고희라 했던가
일흔이 되는 날인가보다
후딱 지났으니 말이지
아니 칠순은, 난생처음이다

이루며 살았는가?
어떻게 살 것인가?
나를 찾아 만들고 이끄는 길잡이로
세월을 훌쩍 넘어
나도 모르게 어느새
앞만 보고 달려왔는데
한평생 시간들이 너무 짧게 느껴져
쉬엄쉬엄 살아가리라 다짐한다

천박해지진 않아야 할 것인데
칠순이라는 단어 앞에
아무것도 보이지 않아
갑자기 앞이 캄캄해진다.

4

여행은 행복의 선물세트

돌들의 노래

바다 품에 머문 섬
파도가 노닐던 바닷가는 옳았다

파도칠 때마다 구르면서
바닷물이 오르락내리락할 때
사나운 파도 소리 들으며
세월을 견디고 자라난
돌맹이들 부딪히는 소리
닳고 닳아 깎이고 다듬어지며

동글동글 매력덩어리
선명한 무늬 형형색색
한순간도 쉬지 않고 비벼대며
조약돌들이 비경을 그려낸다

깔깔거리고 재잘거리며
몽돌 가족들이 부르는
맑은 물빛 프라이빗 해변이다,

시드니 풍경

역시 하늘이 맑아
바다를 품은 붉은 노을도 예쁘고
산책길 풍경도 아름답고
황홀한 생각만으로도 벅차고
비움의 가치를 알 것 같다

어디를 봐도 빛이 나고
세월을 품은 나무들
태고의 신비를 느끼며
시간이 천천히 흐르니
멋진 매력과 다양한 즐거움이다

온통 정겨운 천상의 풍경들
여유로움에 생각이 많아지고
자연을 만끽할 수 있어
사랑의 땅 신세계를 체험하니
신비함에 시드니는 미항답구나.

울릉공

울릉공은 '파도소리'라
자연의 경이로움을 느끼는
소풍 나온 비치이다
남태평양이 펼쳐지고
등대와 파란 하늘이 만난다

세찬 파도가 바위에 부딪쳐
시끄럽지만 멋진 광경이다
끝없이 펼쳐진 수평선
길게 이어지는 모래 비치
바다 빛깔에 가슴까지 시원하다

파도에 깎인 미술품이고
자연이 만든 바위 풀장에
잔디밭도 아기자기하여
마음껏 공기를 들이키니
여유로운 산책하기에 딱이다.

달링하버

사람들이 몰려들고
크루즈들이 드나들어
고급 식당과 카페들이 즐비한
인기 높은 데이트 코스
저녁이 되면 낭만이 넘치고
야경이 더 아름다운
시드니의 중심 타운이다

자동차가 처음으로 다녔던
검은색 피어몬트 브릿지에
이젠 자전거들이 달리며
오고 가는 사람들의 모습이
여유 넘치고 한가롭기만 하다

가족들이 산책을 나와
군데군데 나무 데크에 앉아
삶의 이야기를 나누며
행복하게 물멍하는 곳이다.

라 페로즈

보타니 리틀베이 국립공원 내
마음까지 뻥 뚫려 탁 트인 곳에
19세기 팔각 돌탑 세관타워가 있고
세월이 묻은 나무다리를 지나면
동화 같은 풍경에 감동과 감탄이다

베어 섬은 필립 아서 선장이
처음 죄수들과 도착한 역사 현장
미션 임파서블의 역동성과 함께
갈매기 울음과 시원한 바람
거친 파도 소리가 하모니를 이룬다

깨끗한 초록빛 바닷물이 돌아
눈으로 담아내는 풍경과 함께
풍화작용으로 기묘히 만들어진
자연 조각 작품들이 산재하여
가장 갖고 싶은 여행지 명소이다.

작은 교회

탁 트인 하늘 아래쪽
수평선을 바라보노라면
목장 같은 초원이 펼쳐지고
세련된 동네 언덕위에
사랑스러운 작은 교회는
비잔틴 양식의 건축물이다

옥색 바닷물에 마음 설레니
동화책에나 나올법한
리틀베이의 작은 명물이다

가족, 친지들이 모인 가운데
경건한 마음으로 기도하며
선남선녀는 두 손 모아
사랑을 확인하고 서약하며
혼례식 하는 복된 날이다.

시를 쓰고 싶다

삶의 애환을 담은 도시에서
새로운 세상을 발견하며
기교로 외줄타기를 하며
나만의 색깔로 기록을 남기고
종이에 쓰는 글보다는
마음에 써 삶의 기쁨을 찾고
풍경을 담아 그림을 그린다

가슴 설레임을 가득 싣고
긴 여행길이 그리워 떠나며
산이어도, 바닷가여도 좋다

나의 시는 절제되지 못하여도
시어들로 여백을 채워가지만
항상 서툴러서 고민이 많다
기술이 부족하고, 미숙해도
그래도 그냥 써야만 하기에,

바닷가 절경

왓슨스 베이에서는
도시 시드니가 바라보인다
비극을 안고 있는 역사를
절벽 틈새로 보이는 경치가
아름다워 갭 공원이 되었다

자연의 위대함으로 침식되고
퇴적된 기암절벽은 절경들이
파도가 자연 풍화 현상으로
세월의 흔적을 남기며
깎아지른 절벽이 되었다

보타니 베이 국립공원에도
절벽에 파도가 부딪히고
여전히 바위 절벽의 얼굴이
푸르른 남태평양의 경관에
찾는 이들이 행복을 찾는다.

시드니의 공원

깔끔하게 정리된 정원에
곧게 뻗은 길이 이어지고
넓은 잔디밭에 웅장한 나무들
하늘 높은 줄 모르고 자라며
호수를 품은 데크 길을 걸으면
심신이 포근함을 느낀다

힘 다해 뛰고 뛰는 젊은이
느릿느릿 산책하는 노인들
나무 위에 노래하는 산새들

자연도 예술도 시들지 않아
울창한 숲을 빤히 바라보며
대자연 속에 잠시 머물러
세상 이야기들을 숲에 묻고
생각들을 모아 담으니
시간도 물 흐르듯 흐른다.

펠리컨 마을

센추럴 코스트의 앤트라스는
사다새 라는 새 펠리컨 마을
낮은 해변이라 물이 맑고
여기저기 모래톱이 드러난다

야생 펠리컨과 조우하니
우스깡스러움에 미소 짓고
흥미로운 체험 오감으로
힐링과 감성 여행을 하게 된다

파란 하늘과 흰 구름의 조화
사방을 둘러보는 풍광에 빠져
연인들 이야기 소리와 함께
잔잔한 물결을 바라보니
여유로운 휴양지이기에
비키니가 어울리는 해변이다.

새로운 세상에서

치열한 삶의 공간에
참 휴식이 필요하기에
거대한 나라를 찾아와
자유로운 모습을 보며
합리적인 생각에 빠진다

생김새가 여럿 다양하고
언어가 통하지 않고
문화와 규칙이 차이 나고
생각이나 이념이 달라도
어울림의 어깨를 부빈다

어여쁜 세상을 바라보며
마음 다해 배려하고파
길 따라 걷고 또 걸으며
배우며 부딪혀 알아가고
이 도시의 행복을 맛본다.

겨울 불멍

마당 가운데 화로가 놓였고
참나무 장작불이 활활 타올라
타닥타닥 소리에 멍 때리며
찬 바람도 불 앞에 맥을 못추어
마음의 깊은 시름이 사라지니
바닷가 감성 충만에 취하여
지난날의 나 자신을 돌아보며
겨울 여행의 묘미와 매력이다

나무를 태우는 것만이 아니다
살아나는 불꽃에 담소도 피어나
시간 가는 줄 모르고 재잘거려
장작 태워 추억 한가득 새기고
거대한 불길 뜨거운 숯불 속에
고구마가 익어 달콤한 꿀맛이고
오로라가 피어올라 환호성 지르니
날개를 펴고 높이 높이 날아오른다.

블루마운틴

자연유산 국립공원 블루마운틴은
유칼립투스 숲 푸른 산맥이어
여행객을 은근히 유인하고
고요함을 찾는 이들의 안식처이다

카툼바는 계곡과 고원,
폭포 감상의 출발지이며
타운 블랙 힐스의 맑은 공기
절벽 산책로가 늘어서 있는데,

너털거리는 길 따라
고도의 전망대 시크릿 코스
숨은 명소 하그레이브스는
색다르고 평평한 산들과
원트리힐 파노라마 조망까지
아름다우니 꼭 올라가 봐야 한다.

셸리 비치

정박해 있는 요트들을 보니
세상은 넓고 부자들은 많구나
해안을 낀 바다 예쁜 둘레길
넓은 수평선의 멘리 비치에
시민들의 일상들이 보인다

스노클링과 파도 타는 사람들
파도 소리는 가슴 설레게 하고
뛰어들고 싶은 충동을 느낀다

카페에 앉아 커피 한 잔
공원 벤치에도 가족들이 모여
백사장엔 옹기종기 선텐을 즐기고
높은 하늘 푸른 바다 수평선 뷰
키 자랑이라도 하는 나무들
핫한 레스토랑은 북적거리니
몸과 마음을 정화하며 추억을 만든다.

코카투 가는 길

와프(나루) 에서 페리를 탔다
고요한 파라마타 강을 따라
절경들을 만난다
정리된 마을들이 정겹고
높고 낮은 산들을 지난다

부의 상징인 듯
그림 같은 신세계가 펼쳐져
깔끔한 저택들이 함께 하며
가족들의 행복한 모습의
물 위에 요트들이 즐비하다

태고의 신비가 드러나
하늘, 구름, 바다 사이에
걸려 평화로이 펼쳐진
그림 같은 잔디밭과 어울려
가을 산의 풍광이 아름답다.

여행 떠난 자의 변辨

길 위에 당당히 서서
걷고 또 걸으면서
희로애락을 만나게 되고
거기서 얻은 깨달음이 있다.
새로운 세상을 바라보며
얻은 소득이 가득하다.

좋은 것을 느끼려면
나쁜 것도 느껴야 한다.
길을 따라 이야기를 남기고
아기자기하고 사소하지만
아름다운 추억을 얻어
가슴 한가득 품어본다.

커피의 매력

높고 깊은 산 속에서
신이 허락하신 대로
뿌리 깊은 나무로 자라
쉼 없이 꽃을 피워
날마다 콩으로 태어났지

어두운 방 안에서
고독함과 싸우며
이야기하며 노래 들으며
긴 밤을 지새우며
생명으로 다시 살아나,

보고 싶어 반갑고
고맙고 사랑한다
고귀한 마음처럼
너와 만나 즐거우니
오늘도 행복한 날이다.

기점도 일몰

넓은 가슴 드러낸 펄밭
종일 바쁜 걸음 재촉하여
기어이 만조를 기다리다
힘을 잃고 버거워하며
노두에 누우니 일몰이다

태양은 붉은 덩어리로
수평선에 걸터앉아
하루의 피로를 풀며
무거운 몸을 떨구며
힘든 하루 고생 많았다

힘차게 밀고 들어온
들 물 따라 갯벌에서
피서를 즐기다 길 잃은
짱뚱어와 바닷게들은
집을 찾느라 분주하다.

섬티아고를 걷다

차 타고 또 배를 타고
복 받은 섬에 들어와
걸으며 나를 돌아본
다열두 사도 기념건물들이
깊은 의미를 부여한다

때 묻지 않은 영혼들
옹기종기 둘러앉은 집
깨끗한 거리도 복이고
고운 마음을 간직한
섬마을 인심을 맛본다

병풍도에서 기점도로
기점도에서 소악도로
넘실거리는 노두 따라
순례 행진이 벌어지니
섬티아고는 자랑스럽다.

기점도의 밤

은은한 차임벨,
오랜만에 들어보는
부드러운 음성이
하늘에서 들린다
오랜 추억에 잠겨
애잔함에 머리 숙여
나를 부르는 소리다

여기가 바로 천국이다

간절한 마음의 기도
눈물과 감격의 노래
살아있는 힘을 얻고
마음에 평안이 있어
두 손 모아 엎드리면
생명들이 깨어나니
행복을 맛보는 밤이다.

하룻밤의 행복

소박한 한옥 숙소에
여행 가방을 풀었다
평온한 민박집이어
빈티지한 분위기에
작은 방이지만 좋다

정성 어린 상차림에
식탁 앞에 행복이다
진수성찬을 대하니
여주인의 음식솜씨가
옳은 집밥의 정석이다

민어 회로 배부르니
건강을 되찾게 되고
몸도 마음도 든든하여
기쁨이 배가 되니
감성 여행을 시작한다.

풍란 목부작

누가 너를 그리 돋보이게 했던가
너는 동양란의 귀재라
백화소엽白花小葉이라고 부르리
꽃향기가 바람을 타니 풍란이라
괴목槐木 위로 나와 오르는
생명력과 끈기가 대단하다

수명을 다하여 죽은 나무뿌리에
새로운 삶으로 착생하니
관심과 사랑, 인내를 배우며
공존과 나눔, 상생을 가르친다

키우는 삶의 의미는
자식 키우듯 정성 다하고
가꾸며 나의 삶을 알아가니
멋과 매력을 관찰하며
훗날 희망의 메신저로 피어날
하얀 꽃 자태가 나를 위로한다.

5

여행 경험이 몸을 움직인다

아쉬움이 일렁거려도

지독히 더웠던 여름이지만
꽃들이 지며 아쉽기도 하고
만나면 반갑고 즐겁지만
헤어짐은 쓸쓸하여 여운과 함께,
지나고 나니 아쉬움만 남네요

젊은 시절 뒤로하니
무심한 세월은 흐르고
아쉬움은 산더미가 되고
빈 가슴은 아쉬움으로 채우며
가을 되니 시리도록 바람이 인다

어린 삶에도, 마음에도
아쉬움만 가득가득 채워지니
길 걸으며 생각들을 주워 모아
내 몫 아쉬움의 생을 살아갈 수밖에,
후회는 하나라도 남기지 말아야지.

가을 타는 남자

아침저녁으론 쌀쌀한 바람 분다
신선한 바람 타고 가을이 온다
지난여름을 기억하며
바닷가 바위 위에 걸터앉아
애절한 가을 노랫소리 따라
잔잔한 바다를 응시하며
나를 바라보니 무력감에 빠진다

홀로여서 빈자리가 느껴지고
가을은 남자의 계절이던가?
나뒹구는 노랑단풍잎에 취해
마음엔 가을 속 낙엽이 뒹굴고
낙엽에선 가을 냄새 풍긴다
겹치는 피곤이 노을을 따라와
익어가는 가을을 애태워 기다린다.

광치기 해변

가을하늘 맑고 높은데
너럭바위 해변을 만나
우도 곁으로 태평양까지
고요한 파도 밀려오는
바다 풍경이 한눈에 들어온다

녹색이끼 연출되는 숨은 비경이
간조의 검은 현무암 모래밭으로
세계자연유산 일출봉 요새를 등지고
포토존 성지에서 말을 타고 서서
바닷바람 맑은 공기를 마신다

섭지코지가 눈앞에 보이고
모래밭에 야생화도 피어
바다는 더욱 눈부시게 아름다워
색다른 매력에 마음 편안해지고
올래 산책로를 걷고 싶은 해변길이다.

제주도에 오니

뛰어난 절경 자체가 박물관이고
동식물의 보고에 가치가 있으며
돌도 널브러지고 바람도 많지만
푸른 하늘 높아 다정다감하다

살아있는 한라산이 자리 잡아
비행기도 조용히 내려앉고
아름다운 모습이 선명하여
시간이 넉넉해야 하는 땅이다

고개 숙여 독백하는 사이에
수평선 언저리 노을 지는 모습에
세상 온갖 잡음들이 묻히며
온갖 시름, 걱정 근심이 사라진다

기다리지 않아도 단장을 하고
더운 바람 가고 시원한 바람 불어
하늘, 산, 바다는 순수 상쾌하고
그리웠던 자연의 소리 들려온다.

행복이 가득한 집

아침엔 노래로 하루를 연다
입을 열어 대화를 나누며
귀 열어 진지하게 들어주고
행복을 세워가는 계획 속에
하나 되었기에 기쁨 가득
사랑 나누는 의미를 깨닫고
마음엔 풍요가 채워지니
평안의 공간에 행복한 시간이다

감사함을 항상 서로 인정하고
특별한 순간에는 감격하고
상처는 싸매어 어루만지며
어려울 땐 유대감을 돈독히 하여
가난해도 웃음을 간직한 동산에
설렘과 미소, 속삭임으로
서로를 바라보며 소중함을 배운다.

만남, 행복한 동행

짧은 하루하루 주어진 삶은
긴 일생 곧 평생을 의미한다
하루는 선물이고 생명이고 영원이다

만남은 너와 내가 만나
행복할 수만 있다면 그만이다
오순도순 정겨운 대화가 오가며
만나서 어울리니 마음 편하고
기대가 되는 아름다운 인생길에
따스한 동행 여정을 만들고 싶다

늘 아쉬움과 그리움만 남길지라도
만남은 이유가 없고 반가워 좋다
진심으로 보듬을 수 있어서 좋고
잔잔한 물결처럼 이어져야 하기에
만남엔 끝이 없는 질긴 인연이다

영원히 남을 사랑이 밤마다 나타난다.

황룡강 꽃 축제

여행 떠나기 좋은 10월엔
멋진 가을 풍경에 빠진다
백일홍, 해바라기, 코스모스
아름다운 꽃들이 기억된다

강물 따라 꽃길 따라
테마 정원이 자리 잡았다
눈부시게 피어난 가을꽃 향연
꽃물결에 감탄이 치솟는다

세상을 감싼 꽃향기에
아기자기 이야기가 기쁨이다
가을이 내려앉은 설레임에
탁 트인 풍경이 환상적이다

강가 꽃길에서 여유를 찾고
보면 볼수록 낭만이 넘친다
여유로운 힐링의 장소여서
강바람의 소중한 추억을 간직한다.

'도이수텝'에 오르니

험하고 꾸불꾸불한 길 따라
치앙마이 상징적인 수텝 산상의
전망 좋은 일천 고지에 자리 잡은
삼백 계단 따라 경치가 장관인
크고 아름답고 화려한 대표 사원
정교한 건축양식의 황금 집
금빛 불탑佛塔 파고다를 만난다

느린 트램을 타고 산에 오르면
안개가 끊임없이 피어오르지만
파란 하늘과 은근히 조화 이루어
분지의 넓은 세상과 먼 산마루에
신선한 바람 쉬지 않고 불어오고
고스란히 발아래 풍경이 뿌연해도
멋스러워 시원하고 넓게 펼쳐진다.

115

골든 트라이앵글

중국에서 발원한 물줄기
4,000km의 메콩강을 끼고
미얀마와 라오스가 태국과
국경을 이루는 지역이어서
이제 개발의 시작 흔적을 본다

험난한 코스를 돌아왔는데
강 건너 라오스 땅에 들어가
한 잔의 차를 마시고 나오니
메콩강은 평화롭게 흐르는데
삶의 애환이 서린 느낌이 크다

세계 최대 양귀비 경작지였고
금과 마약의 물물교환 장소에
카지노 등 신문물이 등장하고
무역의 요충지 역할을 하려고
세상은 몹시 꿈틀거리기 시작한다.

태국은 사원 왕국

'치앙마이'는 '새로운 도시' 이고
'치앙라이'는 '사람들의 도시' 이다

전체가 강렬하고 선명한 청색이어
산악의 전원도시임이 분명하다
특이한 건축물과 조각상들
문양들은 호기심을 자극, 유발한다

백색 사원은 흰 색상의 육중한 건물이
눈부셔 매력적이며 환상의 극치이다
청색 사원, 웅장한 규모와 아름다움이
전체가 강렬하고 선명한 청색이다
시원한 느낌 정교한 조각이 독특하다

왓수완독, 왕가의 정원, 신성한 사원
대형 청동 불상 두 개가 서 있고
늘어선 동물 장식물들이
꽃과 수목으로 장식된 화원이다.

고인돌 꽃축제

가을꽃들이 고인돌 근처에 모였다
꽃들이 향연 벌이니 꽃세상이다
국화는 앞다투어 꽃망울 터트리며
만개한 코스모스 한들거리고
붉은 얼굴 포인세티아 선명하고
해바라기가 바라보며 방긋 웃는다

쾌청한 하늘에 신선한 바람 불고
싱싱한 가을꽃에 마음이 설렌다
꽃들이 친구가 되어 좋구나
꽃과 함께라면 여유로운 쉼이다
고인돌 무더기들은 문화유산이다.

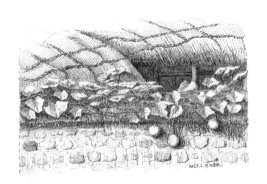

안티폴로 풍경

리잘의 안티폴로 11월은 건기이다
산에 오르면 매혹적인 명소
울창한 숲속 전망 분위기
탁 트인 파노라마를 감상하지만,
평온함과 낭만 가득한 매력과
숨겨진 경치의 보석 같은 곳
미로 같은 평화로운 휴양지를 만난다

초록 초록한 숲이 잘 가꾸어져
그림같이 아름다운 분위기 자연경관은
경외심을 불러일으키고
맑은 공기와 풀냄새 가득
안식처에서 상쾌한 휴식을 취하며
스릴 넘치는 일탈을 맛보니
매력의 안티폴로의 하루가 저문다.

필리핀의 성탄 시즌

필리핀의 성탄절은 9월부터이다
빈민촌에 사랑의 손길 찾아가고
거리마다 들리는 캐럴 음악이
날마다 성탄 분위기를 부추긴다

백화점엔 큰 성탄트리가 들어서
최고의 예술작품들이 즐비하여
북적인 서프라이즈로 한 몫 하고
아이들에겐 더 행복한 시간이다

공원의 야경도 아름답지만
나무들의 몸통에 불빛 요란하여
빛나고 아름답고 화려하여
멋진 추억의 환상적인 모습이다

눈으로는 야경을 감상하지만
귀에 들려오는 행복한 웃음소리
경쟁하지 않고 서로 비춰준다
왠지 우린 시즌이 사라지고 있는데,

수빅 가는 길

'클락'에서 '수빅'을 향하여
뻥 뚫린 고속도로를 달리면
드넓은 평야 지대를 지나며
먼 산 바라보고 하늘 쳐다보니
환상적인 구름이 평화스럽다

화창한 날씨 시원한 바람 불어
마음 포근하고 피곤은 풀리니
행복을 느끼며 마음까지 설렌다

숨겨진 보물 같은 리조트엔
키 큰 야자수와 초록 잔디밭
깨끗한 바다 프라이빗 비치
아름다운 요트들을 바라보며
경치 좋은 수평선이 펼쳐진다

'클락'은 한인타운이 대세이고
'수빅'은 필리핀의 켈리포니아이다.

'보니파시오'를 찾다

부촌 보니파시오 하이 스트리트,
현대화가 급속도로 발달되어
빌딩 숲 사이로 새 길이 생겨
잘 정돈되고 깨끗하게 다듬어져
글로벌시티 다운 모습이다

인종차별 없이 자유로운 도시
휴식을 즐기는 여유로운 공간이다
녹음 가득한 가로수길 1km
평안한 라이프 스타일
중동에 온 듯한 분위기에 취한다

대낮에 조용하던 거리는
야경이 더 아름다워지고
불꽃놀이는 절정을 이룬다
밤이 되면 인산인해 불야성이다.

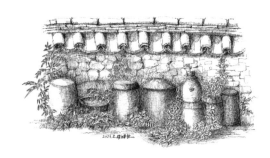

송악산 둘레길

송악산은 제주 남단의 오름이다
억새 무리가 춤추는 물결
한 폭의 그림 같은 풍광이다
세 개의 전망대를 만나면서
해안 절경에 감탄사가 나온다

쭉 뻗은 데크 길을 걸으면
제주 스런 소녀상이 반기고
오르락내리락 탐방로에서
깊은 분화구들을 만나며
부남코지에는 바람이 분다

선명한 산방산을 바라보니
형제섬과 가파도와 마라도까지
옹기종기 구름이 떠 아름답고
푸른빛 해안까지 평화로운
송악산은 길게 누운 둘레길이다.

겨울 제주

흰옷 입은 한라산은 조용한데
바다에 젖은 바위들이 노래 부른다
볼거리 풍성한 여행지에서
신선한 공기로 기운을 보충하고
즐거움을 선물 받는다

아늑한 분위기의 카페 창가에
차 한 잔의 밤하늘도 즐겁고
별빛이 유난히 밝게 반짝거리니
설레이는 마음을 다독인다

겨울 추위를 이기기 위해서는
흑돼지고기 요리와 함께
감칠맛 나는 가마솥 밥이 최고다

겨울 제주는 땅에 뒹구는
피멍 든 동백꽃으로 물들일 때
독특한 돌담들과 대화 나누니
남국의 겸손한 바다 경치에 취한다.

곶자왈 환상숲 길

용암이 남긴 현무암 정글 원시림에
자유로운 영혼들이 눕고 앉고 서서
열대와 한대의 동식물이 공존하는
시원한 숨골을 찾아 구경하며
억척스런 생명들을 가까이 만난다

사람과 숲이 조화롭게 함께 있어
죽어가는 생명도 살려내는 숲
인연도 만들어준 소중한 숲
무수한 이야기들이 있어 들으며
버려진 땅이었지만 소중한 숲이다

자연이 왜 존재해야 하는지
어지러운 숲이 아름답게 변해
모두를 위한 환상의 숲이 되어
나무 사잇길을 걸으면 힐링 되니
소소한 일상 자연을 닮아 살고 싶다.

허브 동산 이야기

겨울은 고요한 계절이고
동백이 잘 어울리는 시즌이다
허브들은 추위를 이겨내고
매화는 칼바람 벗 삼아 피고
계절의 변화는 선택 아닌 필수이다

겨울에도 푸릇푸릇 상큼함이
낮에도 별이 빛나는 분위기
세상이 나무 구경거리로 펼쳐지고
그 길을 마음 가볍게 걸어보는
은은한 허브향 포토존의 명소답다

열매 식물들이 모인 식물원
동화에 나올만한 황금신발들이 놓여
허브 아로마 향기 나는 보물
동백길 꼭대기에 몽허브르뜨교회
로맨틱한 힐링의 허브 동산이다.

사라 오름

바람 따라 올레길 따라
울창한 숲 오솔길이고
사라봉은 산책길 오름이다
원시림이 산림을 이루고
자연매력 풍경이 아름답다
달콤한 공기 불어오고
친절한 안내판을 따라서
사람들은 삼삼오오 오른다

넉넉한 한라산을 조망하며
수평선과 바다 전망 멋지고
제주 시내도 내려다 보인다
하늘과 바다가 맞닿는 곳
산지 등대는 제주항을 향해
파도 소리 들리는 풍경이다
또 걷고 싶은 길에 서니
이 풍광은 다 나의 것이리라.

망월동 묘지

광주에서 일어난 민주화운동은
1980년 5월 18일이어서
사람들은 오일팔, 이라고 부른다
오월의 꽃, 피 끓는 젊은이들
피어나던 꽃이 꺾여 시들어
피에 얼룩진 태극기를 바라본다

불러도 불러도 대답이 없어
미안함과 죄송한 마음으로
무거운 발걸음을 내디딘다

눈물이 흘러내려 고여서
넓은 바다를 이루었다
불멸의 금자탑이 웅장한 자태로
오늘도 나그네들을 기다린다

아픔에 서려 있는 진실은 영원하고
오월의 돌탑은 차곡차곡 쌓아가리
그대는 어여쁜 한 송이 꽃이어라!.

가족사진

오랜만에 가족사진 찍는 날
자랑스럽고도 대견하지만
부끄럽고 어색하기도 하다
부족한 일들이 많아서인지
거북하면서도 민낯을 드러낸다

누가 볼 땐 행복해 보이고
부러운 눈으로 보기도 하고
예쁘게 보이기도 하겠지만
아쉬운 마음일 수도 있고
누군가에겐 미운 모습이기도 하다

쑥 커버린 아이들도 옹기종기
가족을 생각하면 감사가 넘치고
오늘은 행복하지만 조심스럽다
사진 속 보이는 눈동자가 빛나니
가족은 세상 그 무엇보다 소중하다.